자린고비

노인경 지음

문학동네

내 이름은 자린고비다.

어려서부터 나는 가난과 한식구처럼 살고 있다.

나는 남들보다 잘하는 걸 일찍 찾아야만 했다.

다행히 나는 그림에 재능이 있었다.

70000
45000
350000

나는 그림을 그려서 돈을 번다.

주로 일정이 빠듯한 일, 누군가 펑크 낸 일을 한다.

이런 일을 하면 돈을 더 준다.

나는 성실히 일하고 내 의견을 내지 않는다.

그리고 마감일을 정확히 지킨다.

나는 하루에 두 끼 김밥을 먹는다.

언제부터였는지 기억나지 않는다. 메뉴가 바뀐 적은 없다.

최대한 얇게 썰어 달라고 해서 최대한 천천히

속을 하나, 하나, 빼서 먹는다. 이렇게 먹으면 배가 부르다.

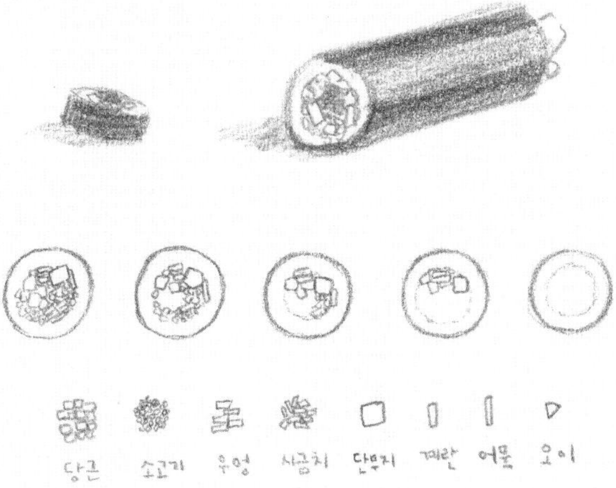

김밥을 시키면 단무지, 김치, 국물을 준다.
모두 공짜지만 더 달라고 말하진 않는다.
왠지 다음번 나의 김밥에 재료를 덜 넣을 것 같아서다.

어른이 되니 옷이 작아져 못 입는 일은 없다.

다행스러운 일이다.

까만색은 물감이 튀어도 안 보이고 낡은 티도 덜 난다.

어쩌다 보니 속옷까지 까만색이 되었다.

간혹 내가 김밥으로 보일 때가 있다.

고맙게도 골목에는 쓸 만한 물건들이 많다.

가끔 '필요하신 분 가져가세요'라고

메모가 붙은 물건들도 있다.

내 방에 있는 것들은 대부분 이렇게 구했다.

하지만 폐기물 스티커가 붙은 건 건드리지 않는다.

거기엔 누군가의 개인 정보가 들어 있기 때문이다.

나는 혼자이니 뭐든 하나면 충분하다.

방도 하나면 충분하다.

나는 어디든 걸어 다닌다.

목적지에 도착하면 버스나 지하철을 타지 않아서

얼마를 아꼈는지 계산해 본다.

이 생각을 하면 오래 걸어도 힘들지 않다.

나한테는 정기적으로 만나는 사람이 있다.

십 년 가까이 나에게 일을 주는 편집자이다.

나는 그를 신뢰한다.

그는 약속을 어긴 적도, 작업비를 늦게 준 적도 없다.

업무 미팅을 마치자 식사 시간이었다.

편집자가 나에게 밥을 같이 먹자고 했다.

아마도 내 배에서 나는 소리를 들었기 때문일 것이다.

오늘따라 유난히 소리가 많이 났다.

"뭐 좋아하세요?"

"김밥이요."

김밥집
T. 3041-6004

식사가 끝나자 편집자는 계산을 하려고 했다.

"안 됩니다. 제가 먹은 건 제가 내겠습니다."

"회의하러 오셨잖아요."

"세상에 공짜가 어디 있나요?"

"괜찮아요. 업무진행비가 나와요."

"그렇다면, 작업비에 붙여 주세요."

그다음 미팅도 식사 시간 즈음에 끝났고
우리는 김밥집에 갔다.
식사를 마치고 헤어질 때 편집자가 나에게
종이 봉투를 하나 내밀었다.
여러 종류의 빵이 들어 있었다. 비싸 보였다.

나는 거절했다. 그리고 핸드폰을 꺼내
그에게 보여 주었다.
"편집자님, 제 통장 잔고입니다. 저 돈 많아요."
하루에도 몇 번씩 확인하고 안심하는 내 통장 잔고였다.
"알아요. 일 많이 하시잖아요."

그 뒤로도 미팅 때마다 편집자는 나에게 먹을 것을 챙겨 주었다.

그때마다 거절했지만 소용없었다. 이번에는 방울토마토였다.

"편집자님, 저도 가끔 과일을 사 먹어요.

시장에 가면 떨이 바구니가 있어요. 고를 수는 없지만 먹을 만해요."

"이번에 방울토마토를 너무 많이 샀어요.
대신에 저에게 그림을 그려 주시면 어때요?"
잠시 생각했다. 괜찮을 것 같았다.
그림 그리는 일은 돈 드는 일이 아니다.
자투리 종이에다 작게 그리자.
"네. 그럼 딱 한 알만 그릴게요."
나는 방울토마토를 받아 들고 집으로 왔다.

그림을 그릴 때 나는 주로 수채 물감을 쓴다.

수채 물감은 물에 녹여 오래오래 사용할 수 있어서 좋다.

수채 물감은 나의 유일한 간식인 오징어와 닮았다.

오징어도 오래 먹을 수 있다. 계획을 잘 잡으면

한 마리를 일 년 동안 먹을 수도 있다.

그림을 다 그리고 방울토마토를 씻었다.

한 알을 먹었는데 전에 먹었던 것과 맛이 달랐다.

다시 한 알 먹어 보았다.

달콤하고 시큼하고 단단했다.

맛이 너무 생생해서 당황스러웠다.

천천히 아껴서 먹으려 했는데

며칠 만에 다 먹어 버렸다.

다음 미팅 때 편집자에게 마감한 그림과

방울토마토 그림을 건넸다.

방울토마토의 맛에 대해 이야기하자

편집자가 빙긋 웃었다.

“저도 그랬던 적이 있어요.”

편집자는 몇 해 전 지인과 마셨던 매화차 이야기를 했다.

“매화 꽃봉오리를 찻잔에 넣고 따뜻한 차를 따르자

매화 꽃잎이 열리고 찻잔 가득 매화 향이 퍼졌어요.

지금까지 마셨던 차와 맛이 달랐어요.”

“아, 그러셨군요. 저는 이해가 잘 안 돼요.

사람들이 왜 차나 커피를 마시는지 모르겠어요.

목이 마르면 물을 마시면 되잖아요.”

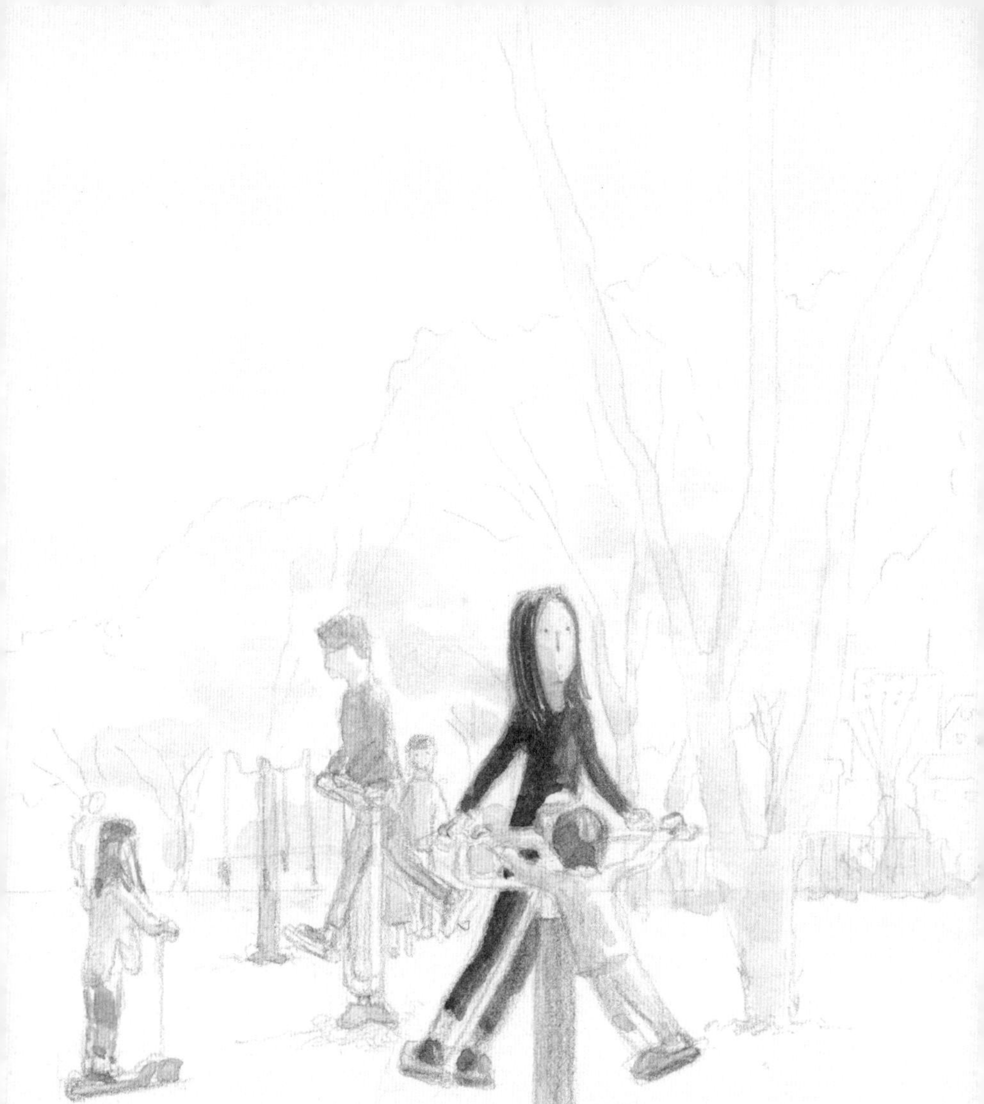

다음 미팅 후 편집자는 오미자청을 주었다.

"아는 분이 담가 주셨는데 조금 나눴어요."

편집자는 오미자청 만드는 법을 자세히 설명해 주었다.

"신기하네요. 사람들은 그렇게 번거로운 일을 하는군요."

"이상하게 오미자차를 마시면 이 노래가 생각나요."

처음 듣는 노래였다.

그것이 무엇이든 처음 듣는 노래였을 것이다.

음악이며 영화며 책은 일을 하며 알게 된 것이 전부다.

이번엔 오미자차를 그려야 했다.

투명한 유리잔에 빨간 오미자청을 따랐다.

그림을 다 그리고 나서 오미자차를 마셨다.

달고 썼다. 조금은 맵고 시고 짰다.

무슨 맛인가 싶어 한 모금씩 마시다 보니

어느새 한 방울도 남지 않았다.

아까 그린 오미자차 그림을 다시 보았다.

아무래도 정직해 보이지 않았다.

그림을 새로 그렸다.

편집자는 내가 그린 그림을 좋아했다.

폭염주의보가 내려졌다.

나는 엘리베이터가 없는 5층 원룸에 산다.

집과 함께 나도 타들어갈 것 같다.

새벽에 일어나 그림에 색을 입히고,

도서관에 가 스케치를 하며 시간을 보냈다.

도서관엔 참고 자료가 있고, 정수기가 있고, 에어컨도 있다.

고마운 곳이다.

책에 찢어진 곳이 있길래 테이프로 붙이는데
한 아이가 빤히 나를 쳐다보고 있었다.
나는 입 모양으로 말했다.
'내 가 안 그 랬 어.'

편집자와의 만남이 기다려졌다.

이런 마음을 들킬까 봐

편집자의 얼굴을 똑바로 쳐다볼 수 없었다.

어느 날 편집자는 커다란 배 하나를 주었다.

시장에서 배를 본 적이 있었다.

가격을 보고 나니, 황금색 배는 더욱 빛나 보였다.

"이렇게 비싼 건 못 받아요."

"배가 좀 비싸긴 하죠?

그런데 올해는 배가 풍년이래요."

편집자가 가격을 슬쩍 말했고

나는 배를 받아 들었다.

이번엔 그리기 전에 먼저 맛을 보기로 했다.

그림 그릴 반은 남겨 두고, 반을 먹어 보았다.

조그만 알갱이가 혀에 까끌까끌하게 닿았다.

온화하게 달고 시원했고, 입 안에 은은한 향을 남겼다.

배 그림을 건네자 편집자가 물었다.

“또 그리고 싶은 거 있어요?”

“모르겠어요. 이유 없이 그림을 그려 본 적이 없어서요.”

있는 옷을 모조리 껴입으면 겨울옷이 된다.

이렇게 추운 날은 단단히 무장해야 한다.

이번에 편집자가 건넨 것은 도시락통이었다.

“어제 아빠 기일이어서 음식을 많이 했어요.

조금씩만 담았어요. 따뜻하면 좋았을 텐데요.”

“상관없어요. 잘 그려서 드릴게요.”

도시락통엔 가는 나무 꼬챙이에 꽂힌 덩어리 고기가 있었다.
어떻게 먹을까 한참을 고민하다 한꺼번에 입에 넣었다.
조금 질겨서 오래오래 씹었다. 고소했다.

김밥에서 빼 먹던 고기에 비하면 아주 컸다.

따뜻했다면 어땠을까 궁금했다.

다음 미팅이 끝나고 나는 편집자에게 물었다.

"따뜻한 고기는 어떤 맛일까요?"

"같이 먹어 볼까요?"

"아… 그럼 제가 먼저 말했으니 저희 집에서 먹어요."

그런데 생각해 보니, 집에서 음식을 해 본 적이 없었다.

"죄송합니다. 그냥 없던 일로 해요. 집에 조리도구가 없네요."

"그건 제가 준비해 갈게요."

"그래요?"

나도 모르게 미소가 지어졌다. 슬쩍 고개를 돌리며 덧붙였다.

"그럼 제가 고기를 준비할게요."

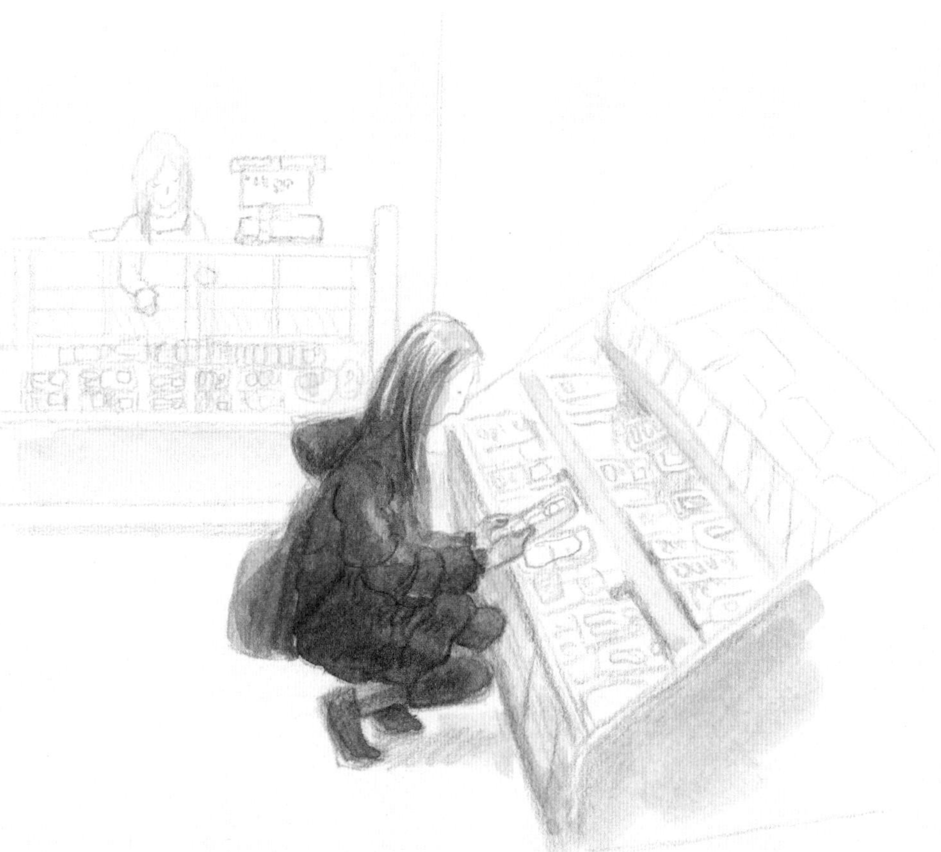

마트로 들어가 고기를 할인하는 날을 물었다.
"목요일 저녁에 가장 많이 나와요.
그래도 모르니 매일 와서 보세요."
"고맙습니다."
나는 매일 마트에 들렀고,
유통기한 임박 40% 할인 팩을 하나 골랐다.
다행히 지난번 도시락에 있던 고기와 두께가 비슷했다.

처음으로 누군가가 나의 집에 왔다.

식탁에 앉은 편집자는 버너와 프라이팬, 접시,

숟가락과 젓가락을 꺼냈다.

"숟가락은 쓸 일이 없을 거예요.

밥이 없거든요. 그래도 소금은 있어요."

502

나는 신중하게 고기를 구웠다.

"제가 고기 굽는 법을 열심히 찾아봤어요."

나는 고기 윗면에 습기가 올라오는 순간을

놓치지 않고 고기를 뒤집었다.

다 익은 고기는 똑같은 크기로 잘라 접시에 나눴다.

"열두 조각씩 맞지요?"

"네. 정말 잘 구우셨는데요."

"다행입니다."

"잘 먹겠습니다."

우리는 고기를 소금에 찍어 먹었다.

집에서 먹는 것도 괜찮은 것 같았다.

편집자가 돌아갔고

나는 책상에 앉아 오늘치의 그림을 그렸다.

평소보다 조금 더 오래 앉아 있었다.

이를 닦고 난방 텐트 속으로 들어갔다.

침낭 속에 누워 눈을 감았다.

침낭에서 고기 냄새가 났다.

나는 숨을 깊게 들이마셨다.

김밥나라

점심을 먹으러 김밥집에 왔다.

메뉴판을 훑어본다.

김밥 다음으로 저렴한 메뉴가…

“떡볶이 주세요.”

“김밥 아니고요?”

“네, 떡볶이요.”

떡볶이가 나왔다.

계란이 반 알 들어 있었다.

빨갛게 익은 양파, 당근, 양배추, 파, 어묵도 있었다.

너무 많았다.

"아주머니 이거 사천오백 원 맞나요?"

"네."

"아… 좋네요."

나는 젓가락을 들었다.

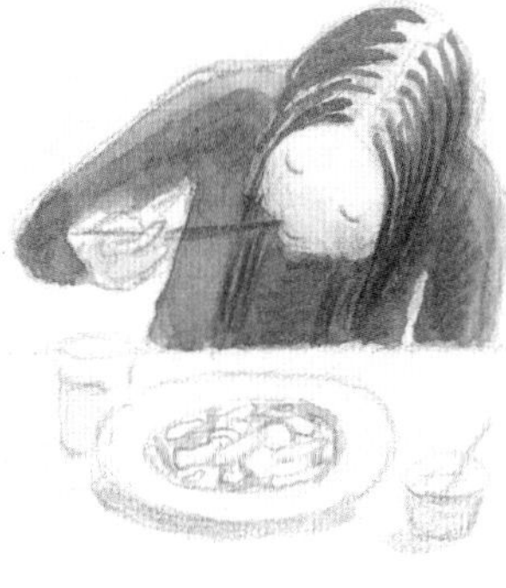

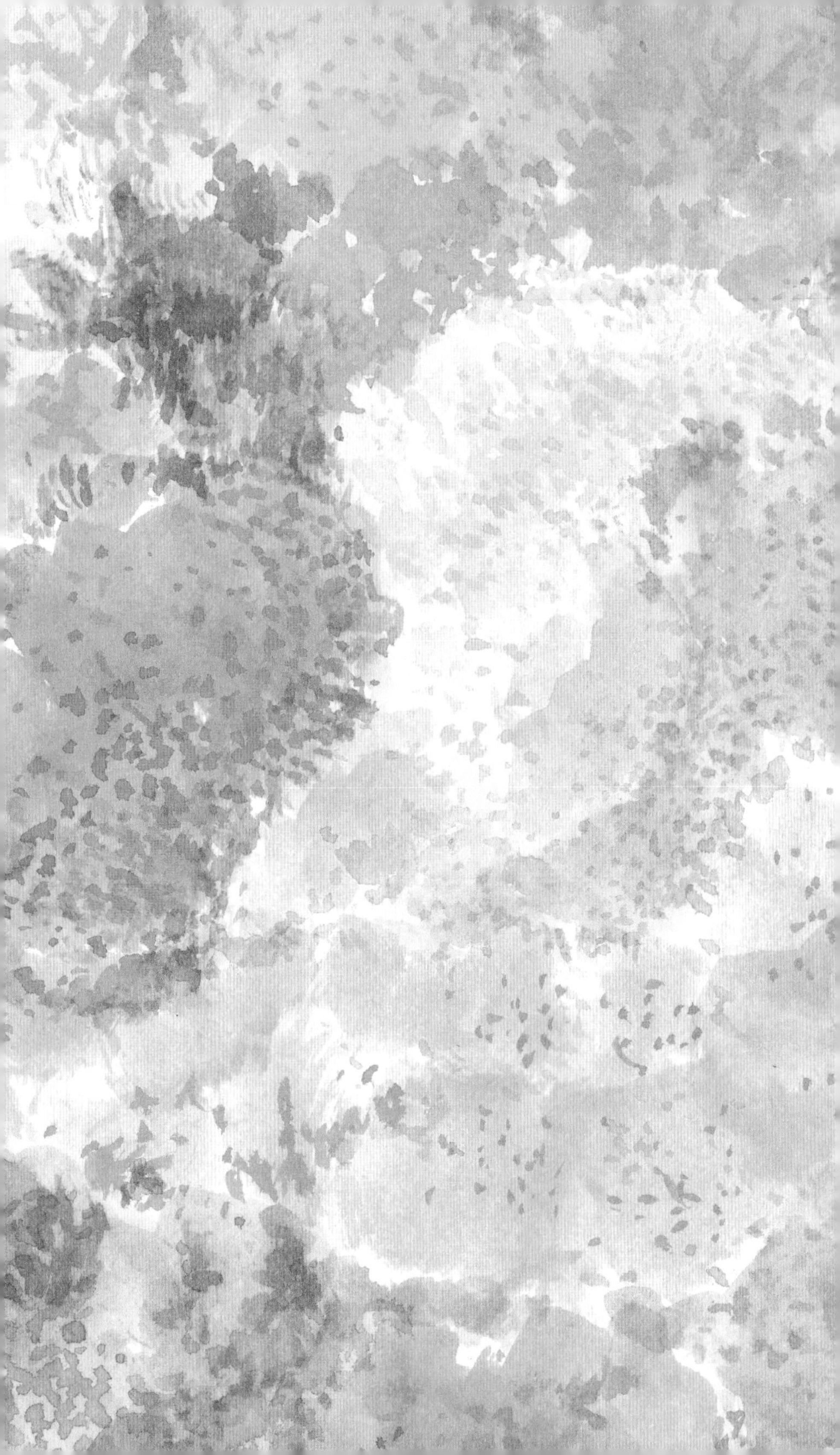

내 삶에 온기를 준 이들에게
고마운 마음을 전합니다.
_노인경

노인경

그림책 작가. 근검절약형 인간. 순간의 기쁨들을 놓치지 않으려 하지만 통장 잔고에 집착하는 사람. 매일 스케치하고 매일 기록하고 매일 상상한다. 그림책을 만들면서 여러 모습의 나를 만난다. 나의 습관, 나의 그리움, 나의 희열, 나의 한계. 이번에 꺼내 놓는 것은 고비 씨의 이야기다. 언제나 머리카락 길이를 날개뼈 아래로 유지하는 고비 씨를 만나게 되어 반가웠다. 고비 씨에게 자기를 아끼는 마음이 계속 계속 생겼으면 좋겠다. 고비 씨가 건강했으면 좋겠다.
그동안 쓰고 그린 책으로 '밤이랑 달이랑' 시리즈와 그림책 『임금님 귀는 당나귀 귀』 『숨』 『고슴도치 엑스』 『곰씨의 의자』 『코끼리 아저씨와 100개의 물방울』 『책청소부 소소』 등이 있으며 『책청소부 소소』로 볼로냐 국제아동도서전 2012 올해의 일러스트레이터에 선정되었고 『코끼리 아저씨와 100개의 물방울』로 2013 브라티슬라바 국제원화전시회(BIB) 황금사과상을 수상했다. 『고슴도치 엑스』로 2015 화이트 레이븐에, 『숨』으로 2019 IBBY 사일런트북에 선정되었다. 『자린고비』는 그림책 작가 모임 '바캉스'의 프로젝트에서 시작된 책이다.

1판 1쇄 2022년 9월 5일 | 1판 2쇄 2022년 12월 26일
글 · 그림 노인경 | 편집 엄희정 이복희 | 디자인 이은하
마케팅 정민호 이숙재 박치우 한민아 이민경 안남영 왕지경 김수현 정경주
브랜딩 함유지 함근아 김희숙 고보미 박민재 박진희 정승민 | 제작 강신은 김동욱 임현식 | 제작처 영신사
펴낸곳 (주)문학동네 | 펴낸이 김소영 | 출판등록 1993년 10월 22일 제2003-000045호
주소 10881 경기도 파주시 회동길 210 | 전자우편 kids@munhak.com
홈페이지 www.munhak.com | 카페 cafe.naver.com/mhdn
북클럽 bookclubmunhak.com | 트위터 @kidsmunhak | 인스타그램 @kidsmunhak
대표전화 (031) 955-8888 | 팩스 (031) 955-8855
문의전화 (031) 955-3578(마케팅) (02) 3144-3236(편집)
ISBN 978-89-546-8989-2 03810

잘못된 책은 구입하신 서점에서 교환해 드립니다. 기타 교환 문의: (031) 955-2661, 3580